SAVE THE STORY

留住故事

LA STORIA DI

Gulliver

文景

Horizon

格列佛
的故事

[英国]乔纳森·科 讲述
Jonathan Coe
[意大利]萨拉·欧迪 插图
Sara Oddi
焦晓菊 译

上海人民出版社

一

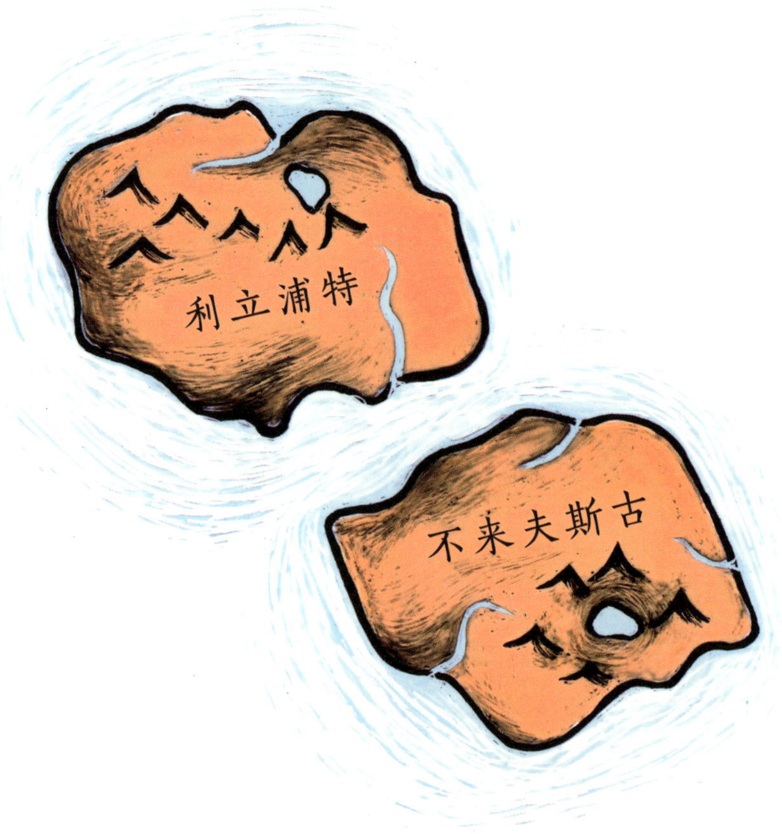
利立浦特
不来夫斯古

大约三百年前，英国生活着一个怪人。他的名字叫格列佛。

格列佛是一位医生，在那些大型的英国商船上工作，它们航行到世界各地，到其他国家买卖货物。他这个工作很危险。大海有时波浪滔天，风狂雨骤，船只经常来到一些不为水手们所知的地方，就连地图上也找不到。

在故乡英国的家中，格列佛已经有妻子儿女。但为了赚钱养家，他必须参加这一类远航；此外，他自己也热爱旅行，对从未见过的地方充满好奇。

本书讲述了格列佛旅行中的四个故事：通过这些旅行，他发现了四个新的国家，也永远改变了他对人类同胞的看法。

格列佛第一次出航是在1699年。他的船从布里斯托尔扬帆启程，驶往西印度。那是一次漫漫长途。经过六个月的航行后，船只遭遇了一次可怕的事故。它在大海中央一块巨大的礁石上触礁，被彻底撞坏了。

很多水手都死了，但格列佛设法游到一座陌生的岛屿上。他刚挣扎着爬上海滩，就精疲力竭地睡着了。

好几个小时之后，他醒了过来，发现自己仰卧在地，无法动弹。他被数百根结实的绳子绑住，甚至头发也被绑到地上。明晃晃的太阳照得他眼花缭乱，几乎什么都看不清。然后，格列佛感觉胸脯上有什么东西爬过。他以为是什么昆虫

或老鼠，往下一看，却惊讶地发现那是一个小人，穿着精致优雅的衣服，但个头只有铅笔那么高。

那个人身后跟着差不多四十个同伴，从格列佛的胸脯上走过。格列佛一看到他们，便惊恐地大叫起来，吓得许多小人从他身上摔到坚硬的沙滩上受了伤。格列佛拉扯着绳子，设法让一只胳膊摆脱了捆缚，脑袋也能稍微转动一下了。那些小人立刻拿出武器，朝他脸上射箭。它们像针和钉子一样扎人，格列佛疼得直叫。此刻，他原本可以轻松地杀死一个小人，但他不愿那么做。恰恰相反，他做了个手势，意思是他不想伤害他们。他们明白了他的意思，于是在他耳朵旁架起一道梯子和一个木头平台，好爬上来同他说话。

然后，小人派出一名代表，用他们自己的语言发表了一篇长长的演讲。格列佛没听懂多少——实际上他几乎听不到什么，因为那个人的声音又尖又细——不过他还是弄明白了，他们打算把他作为俘虏押送到他们的首都去。他认为最好照他们说的做。与此同时，他又做了些手势，表示自己想吃东西。那些小人有备而来，于是大家扛着肉、面包和酒，开始顺着他的胸膛朝他的嘴巴走去。他们带来了自己能够找到的最大分量——有整头的烤猪和烤羊，一个个面包跟他们的脑袋一样大，还有大桶大桶的酒——但对格列佛来说，这就像吃面包屑和从顶针里喝酒。

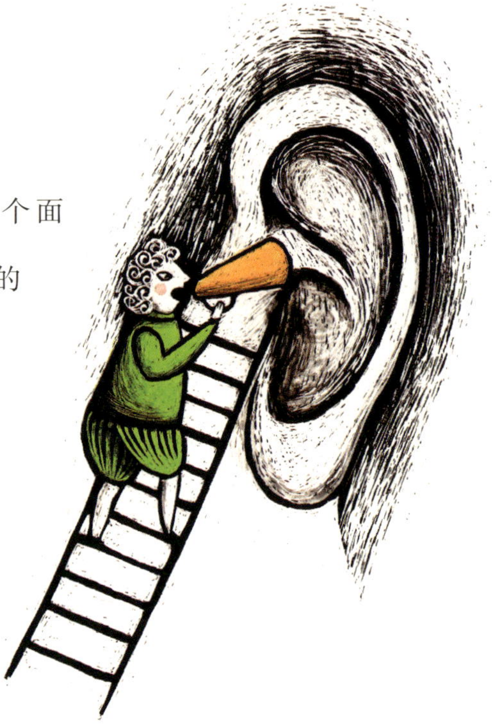

那之后，小人们花了好长时间造了一辆巨型木头运货车，大得足以将格列佛运走。他们将他绑到车上，用一千多匹马拉着他朝首都走去。那些马都是这个国家最强壮的，尽管首都仅仅就在一公里外，它们却花了五个小时才到达。都城边上有座废弃的庞大庙宇，他们认定这是给格列佛睡觉的好地方。他们解开他身上的绳索，用一条结实的链子将他的腿绑到地上。然后他就爬进神庙，它刚好能让他勉强挤进门去，伸展四肢躺在里面。

巨人抵达的消息很快传遍全城。第二天早上，一大群人聚集在神庙周围，观看格列佛从大门里面爬出来。大多数人都只是瞪大眼睛望着他，但有五六个残忍的家伙开始朝他脸上射箭取乐。警察抓住这些人，问格列佛打算怎么处置他们。格列佛将这几个人抓起来，除了一人之外，其余的全塞进自己口袋里。他把那个人举到嘴边，张大嘴巴，装出要将他活活吞掉的样子。但不久后，格列佛就把他们全都轻轻放到地上，这几个人被吓得失魂落魄，四散奔逃。

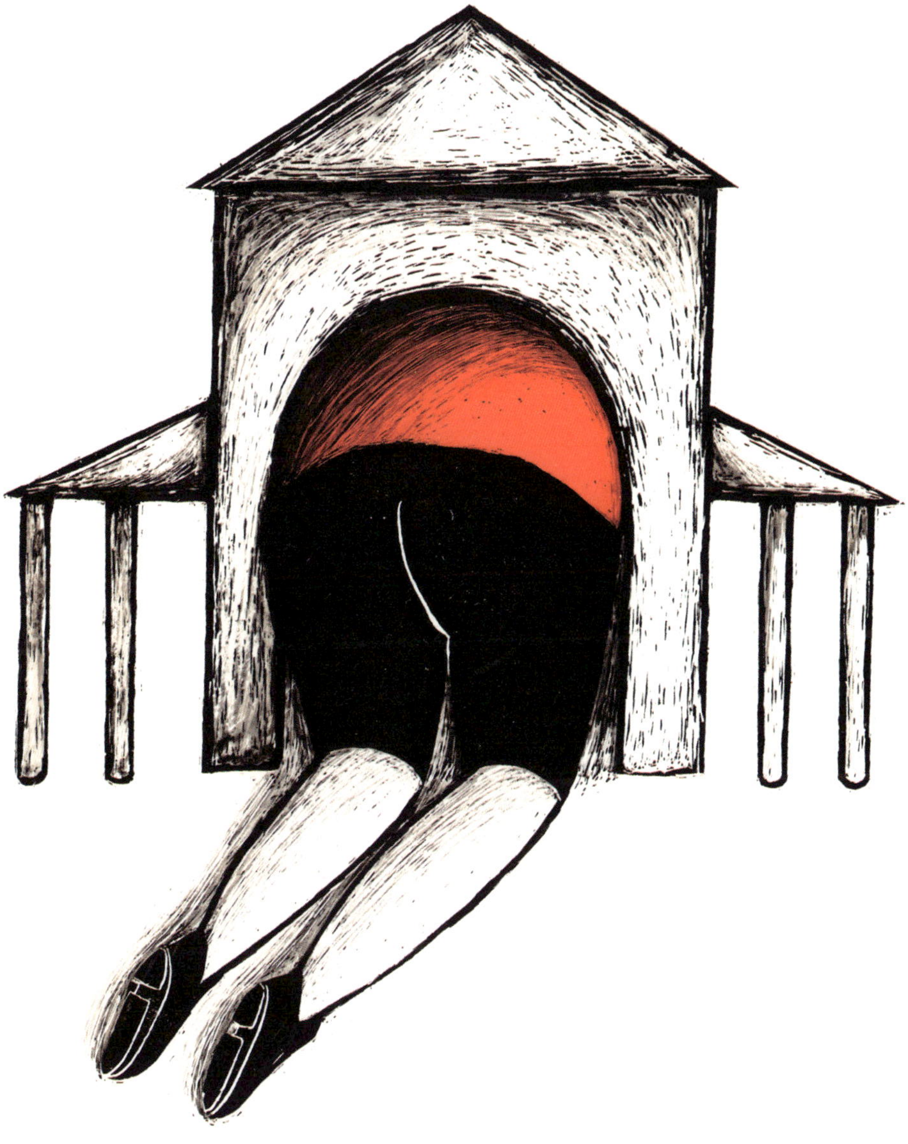

小人们注意到格列佛是多么友好仁慈，人人都在谈论他。实际上，他给这个国家的人留下极好的印象，就连他们的皇帝也决定来看望他了。

二

格列佛发现这个国家叫利立浦特。那天晚些时候，当利立浦特的皇帝来和他谈话时，他发现皇帝是个很不平常的人，差不多比其他利立浦特人高了一厘米。皇帝大约二十八岁，他允许格列佛把他捧在手掌里，好让他们更轻松地聊天。

格列佛已经开始学会利立浦特语中的一些词汇，能够听懂皇帝提出要释放他，去掉他的锁链。格列佛感到非常高兴。

获得自由后，格列佛决定做的第一件事情就是围绕都城逛上一圈，尤其要看看皇帝的宫殿。顺着主街散步就像游览一座迷你村庄。就算是最高的建筑也只有他肩膀那么高，而且大多数街道都过于狭窄，他根本走不进去。

为了进入皇宫宫苑，他必须跨过一道围墙，而且每一步都得小心翼翼，以免踩坏任何篱笆或小型建筑。他弯下腰，透过那些小小的窗户朝屋里望去，就像窥探他见过的最漂亮、最昂贵的玩具屋。他能够看到屋里的皇后和皇子们，当皇后从窗户探出身来，伸出她的小手让他亲吻时，他感到受宠若惊。

从此以后，皇帝对格列佛就非常友善了。他把格列佛介绍给了宫廷里的很多最重要的人物。在随后的几个星期，他们花了很多时间，坐在皇宫花园内，向格列佛解释利立浦特的所有法律和习俗。格列佛一向对此类事情非常好奇，求知若渴，多多益善。他觉得这里的一些习俗相当古怪。例如，利立浦特人死后入葬时，他们不是躺在坟墓里（像欧洲人那样），而是脑袋冲下倒栽在里面。这是因为他们相信世界是平的，过上一千年就会上下颠倒，而所有死人都会复活。因此，等那一刻到来时，他们希望死者能够按正常的方式，头朝上、脚朝下地站着。

格列佛得知附近还有另一个岛屿，叫不来夫斯古，上面也居住着小人。他惊讶地得知这两个国家之间发生了战争。

"你们能有什么值得大打出手的呢？"他问。

利立浦特人告诉他，两个岛屿打仗是为了一个非常严肃的问题。在利立浦特，人们认为吃煮鸡蛋时应该从小的那头开吃；而在不来夫斯古，他们认为应该从大的那头开吃。他们已经为此打了三年的仗，已有六万多人死于这场战火。

“可是这也太荒谬了！”格列佛说。

然后皇帝便问他，他自己的国家是否也为这种小事而开战。格列佛想了想，不得不承认自己的国家也经常这么做。

为了感谢皇帝对自己的一片善意，格列佛想出一个讨好皇帝的办法。他提出游泳或涉水渡过大海，到不来夫斯古去俘虏他们的整支舰队，这样他们就再也不能对利立浦特构成威胁了。

皇帝对这个建议非常满意。第二天早上，格列佛就出发去执行任务了。他涉水而行，直到双脚无法触碰到海床，然后他就游过剩下的路程，来到不来夫斯古。他刚抵达港口，就看到这里至少有四十艘军舰。船上的人看到这个巨人朝他们走来，惊恐万分，立刻跳入海里，游到海滩上。与此同时，格列佛也从包里掏出自己准备好的工具：一大把结实的绳线，每一根的末端都带有一个巨大的钩子。他给每条船的船首都挂上一个钩子，然后将这些绳子合到一起，想把所有船只全部拖走。但那些船却不动弹，因为它们都已下了锚，停泊得牢牢实实，于是格列佛只好掏出刀子，将锚索一根根割断。当他割绳子的时候，港口的人不断朝他脸上射箭。格列佛对脸上的刺痛不屑一顾，但为了保护眼睛，他决定还是戴上眼镜。很快，他就完成了这项工作，将不来夫斯古的整支舰队拖出了港口，耀武扬威地回到利立浦特。

格列佛以为皇帝会非常高兴——实际上他一开始也确实很高兴。皇帝授予格列佛一项极高的荣誉，封他为利立浦特帝国的爵士，

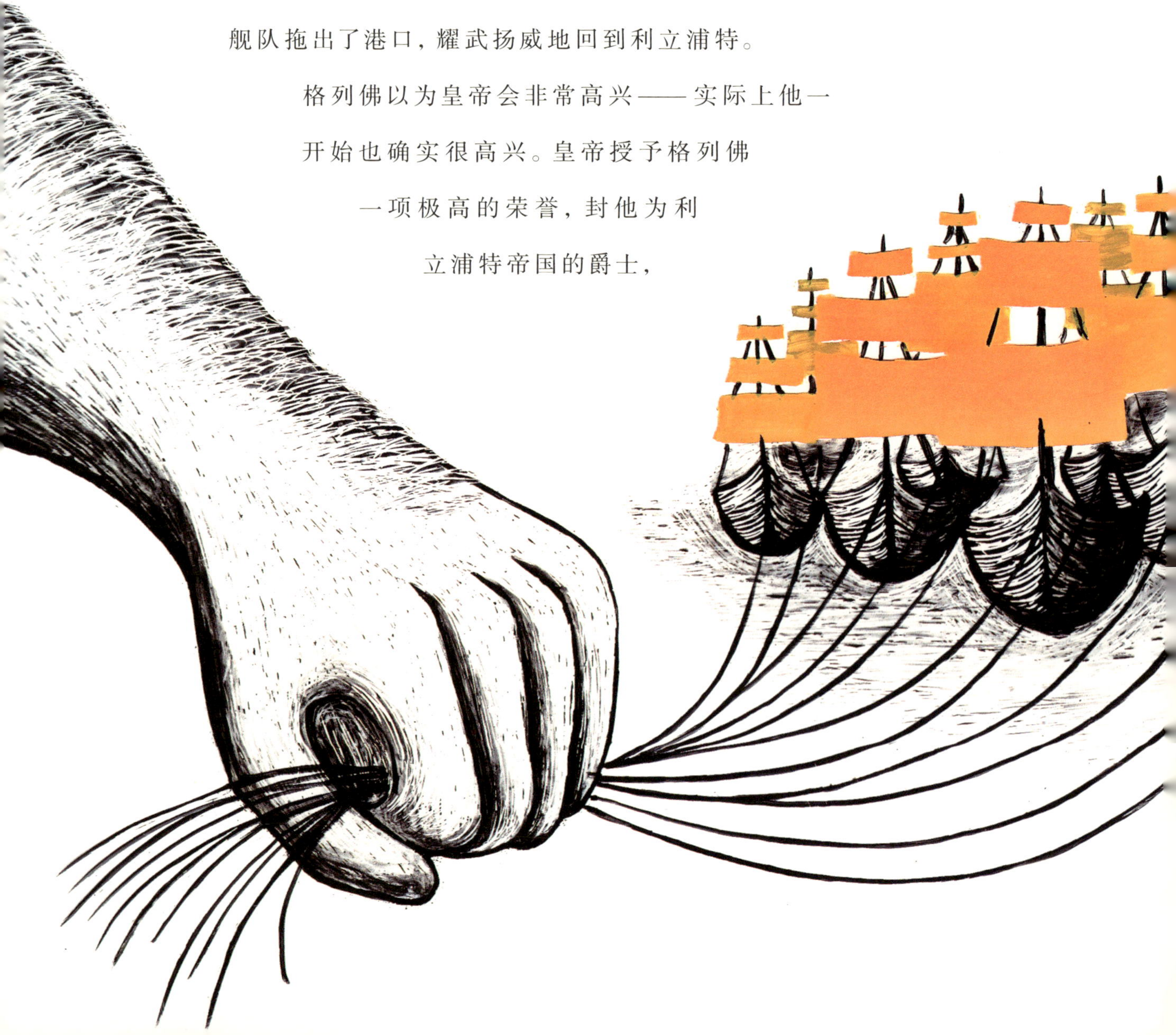

也就是“那达克”。不过，当皇帝要求他回到不来夫斯古，去摧毁剩余的所有船只，并尽可能多地杀死或俘虏一些不来夫斯古人时，却遭到格列佛的拒绝。他说，侵略一个由自由的人组成的国家，杀死那些自由的人或将他们掳为奴隶，这都是错误的。

格列佛居然不赞成这种做法，皇帝非常震怒，因为他不习惯别人违抗他的旨意。起初他什么都没说，但怒火开始在他心里燃烧。从此以后，格列佛在利立浦特就将面临极大的生命威胁了。

三

格列佛帮了利立浦特人一个大忙，为他们俘虏了敌人的整支舰队。但他后来因为批评皇帝而铸成大错，他们开始互相猜忌。

格列佛逐渐觉得，利立浦特人比他起初想象的更残酷。而因为格列佛，皇帝感觉自己像个苛刻、暴虐的统治者，他变得愤怒，逐渐认为巨人格列佛不过是个花费不菲的障碍。

其实皇帝这么想也不无道理。养活格列佛确实费用不菲。他需要三百名厨子为他准备食物，吃饭时需要二十个小侍者在餐桌上跑来跑去，搬运各种碟子盘子。跟利立浦特人相比，他的食量太大，一顿就可连骨带肉地轻松吞下好几头牛，而且用叉子一下子就可叉住好几打迷你鸡肉。他能够一口喝掉一整桶的利立浦特葡萄酒，但却感觉只喝了一小杯。

有天晚上，格列佛恰好喝了两三桶这样的葡萄酒，正打算去上厕所，突然听到大街上传来叫喊声。

“救火！救火！”人们大声呼救，“皇宫着火了！”

格列佛立刻一步跨入宫殿，大火正在皇室的居所里肆虐，消防员束手无策，只能一趟趟地用他们那些小水桶拎水，徒劳地试图扑灭大火。

格列佛很快意识到，自己可以助他们一臂之力。反正他恰好憋得想上厕所，于是就把这当作最简单的灭火方法。或许这会浇到几个人，事后还会留下臭烘烘的气味，但这个代价值得付出，不是吗？挽救皇宫才是当务之急。

因为格列佛刚刚豪饮一通，都能接连不断地释放两分钟左右，又因为他非常小心地瞄准了火势最猛的地方，所以他一下子就彻底扑灭了大火。真是如释重负，这座漂亮的皇宫得救了！

这一次，他又满心指望自己会因为帮助皇室而受到感激。但他们其实一点都不高兴。从此以后，皇后就拒绝到那部分受到格列佛“玷污”（这是她的原话）的宫殿附近去了。制造麻烦的并非她一个人。皇帝的若干顾问早就对格列佛充

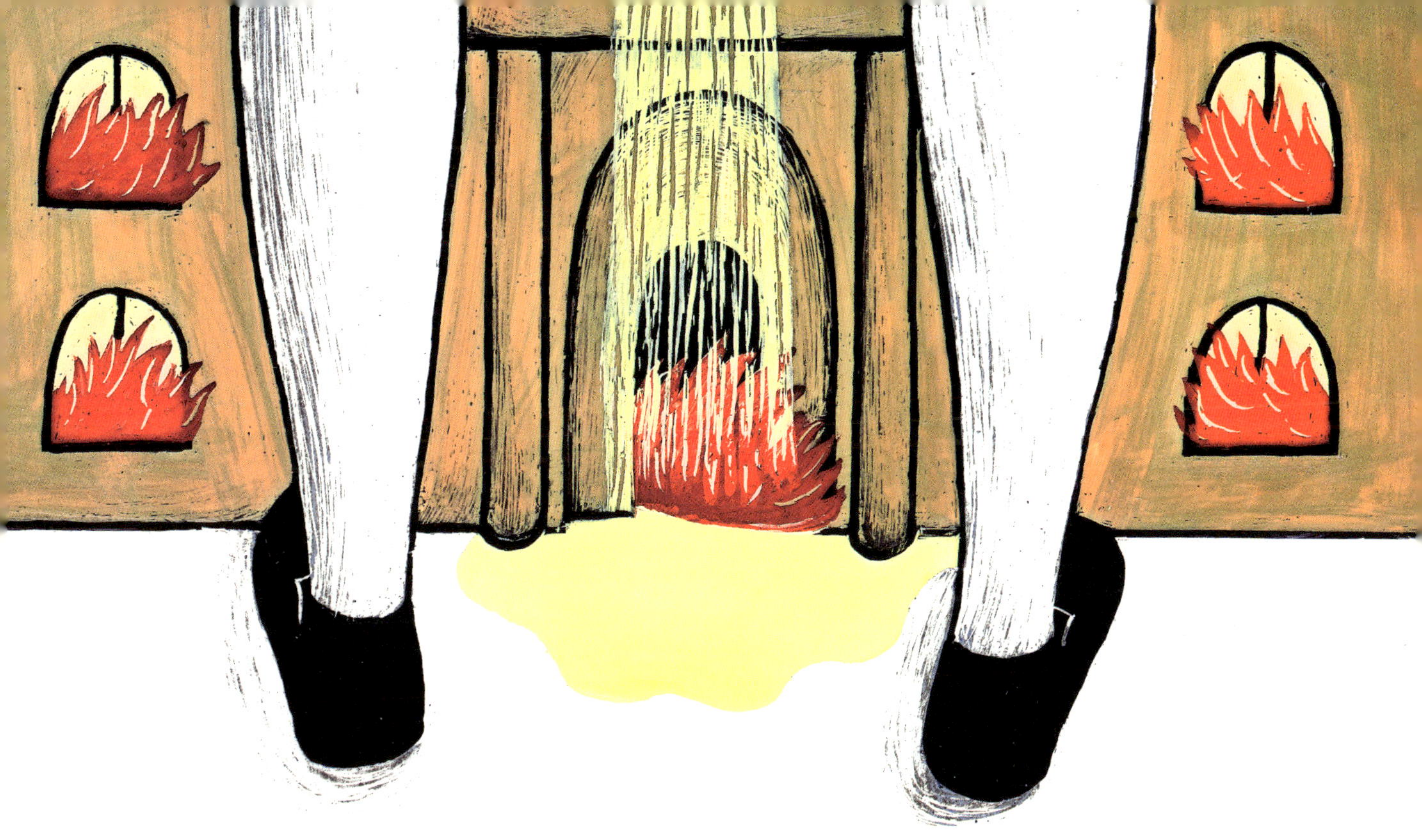

满妒意，于是便借此机会密谋反对他。他们开始在皇帝耳边进谗，说格列佛有可能变成利立浦特的敌人，继续把他留在这个国家会危及社稷。

有一名宫廷重臣恰好是格列佛的朋友，并且依然对他忠心耿耿。一天深夜，人们都已入睡之后，这位大臣来到格列佛的房间，让他尽快离开这个国家，并透露说皇帝及其顾问决定弄瞎他的眼睛，以免他对国家造成危害。

格列佛被吓坏了。他立刻收拾起自己微薄的财产，第二天天一亮就越过大海，逃到邻近的不来夫斯古岛上，他曾经拖走这个岛国的舰队，那不过是几个星期之前的事情。

在最近那场战争中，尽管格列佛是不来夫斯古的敌人，但他们知道他是个好人，听说过他劝告利立浦特皇帝不要杀死和奴役他们。因此，他们欢迎格列佛的到来，还提供一个地方给他居住，他在那里随便待多久都行。但格列佛已经在利立浦特学到教训，他知道，除了自己最好的朋友，不可随便相信任何人。因此他决心彻底离开这个地区，渴望回到与他体型相当的人们中间。

幸好，在不来夫斯古待了几周后，他看到一条适合他这种个头的小船漂到岸边来。他认定那是在一场船难后被冲到这里来的。格列佛把它装备成适合短途航行的船只，又带上足够吃上几周的食物，也就是一百头公牛和三百只绵羊的肉、几百桶水以及其他很多东西。他还带上了六头活的奶牛和绵羊。

在一个温暖的日子，格列佛迎着明艳的阳光，从不来夫斯古扬帆启航了。这次他很幸运，仅仅过了三天就看到海平线上出现一艘正常大小的商船，等船靠近后，他受邀爬上船去。

那天晚上，当他和船长、船员坐下来吃晚餐时，他都习惯不了他们巨大的个头。听他说起自己在利立浦特的冒险，他们全都面面相觑，捧腹大笑，以为他肯定是顶着烈日在大海上漂了好几个星期，完全发疯了。直到他从口袋里掏出那六头迷你奶牛和绵羊，让它们在桌上四处奔跑，大家才沉默下来，惊讶地睁大眼睛。从此，他们就相信他说的话了。

四

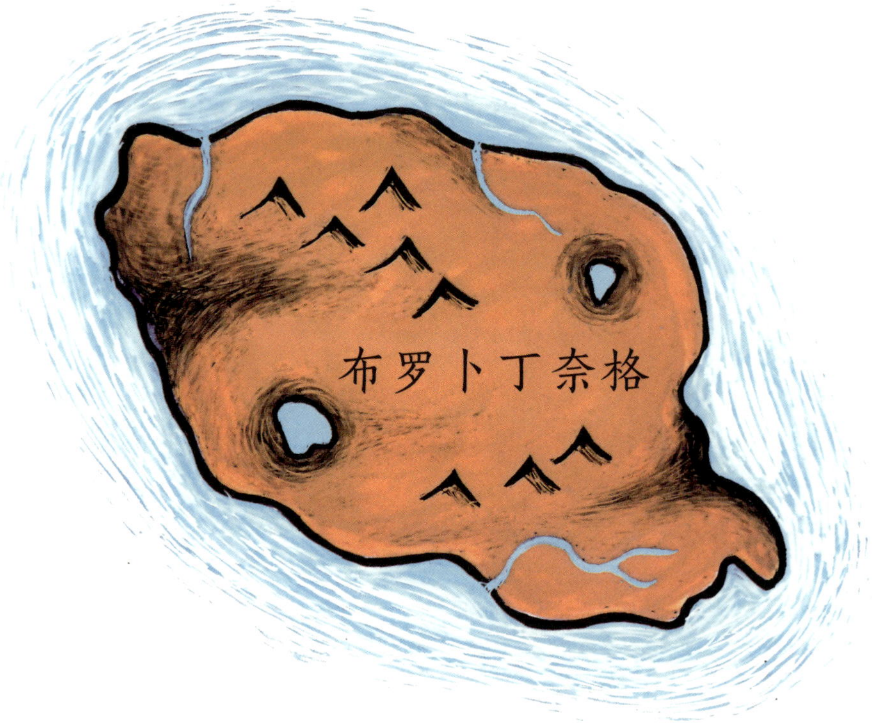
布罗卜丁奈格

在那次前往小人国利立浦特的航行之后，格列佛仅在家里和妻子孩子们待了两个月，就有点闲不住了，决定再次踏上旅途。他在一艘驶往东印度的船上找到一份当医生的工作，于1702年春天再次扬帆远航。

这次，船还没航行到非洲南部海岸和好望角，就碰到一场可怕的风暴。他们被狂风刮来刮去，就这样航行了好几百英里，水手们都不知道自己身在何处。最后，风暴终于平息，他们在一个大岛岸边抛锚停泊。有些船员——包括格列佛——上岸寻找食物和饮水。当格列佛独自探索时，他听到其他船员求救的叫声。他跑回海滩，看见他们狂乱地划着小船回到大船上，后面有个巨人追赶着他们。跟水手们相比，这个巨人就像当初格列佛自己在利立浦特人面前那么庞大。

水手们设法回到自己的大船上，在巨人抓住他们之前就驾着船只逃之夭夭。但这对格列佛没用，船员们把他忘得一干二净，现在他被困在了岛上，孤身一人。

格列佛既惊又惧，开始朝内陆方向走去。他看得出这个岛有些怪异。一切都显得那么大。跟他以前见过的那些大路相比，他走的那条路足有它们的十倍宽，路边的草高及腰部。

不久，他碰到两个巨人顺着这条路朝他迎面走来。他们穿着农场工人的衣服，一看到格列佛就紧追不舍。他逃进长长的草丛里，但其中一个巨人还是很快赶上他，用自己粗糙的大手将他一把抓住。格列佛被举到至少二十米高的空中，他开始扯着嗓门大声求饶，同时把双手合在一起，乞求巨人善待自己。这样一来，巨人的表情才缓和下来，露出微笑。他把格列佛放进衣兜，跑去找到自己的主人，也就是住在附近的一个农场主，把自己的发现拿给对方看。

农场主和妻子女儿生活在一所坚固的老农舍里。当他的仆人走进屋来，掏出格列佛给他看时，他抓起这个小人，放到桌上，迷惑不解地瞪着格列佛看了好半天。然后他太太和女儿走进屋来。农场主太太一见格列佛就尖叫，以为这是什么耗子或巨大的昆虫。农场主让她冷静下来，接着格列佛自己也跑过去，为自己吓到她而道歉。听到他用尖细的声音说着陌生的语言，又看到他深深地鞠了一躬，农场主一家忍俊不禁。他们的笑声震耳欲聋，格列佛不得不用手把耳朵堵上。

农场主一家坐下来吃午餐，并且允许格列佛同他们一起吃。他们给他一片肉，差不多比他的身体大五倍，他开始用自己随身携带的刀叉切肉。每个人都觉得他非常好笑，再次哈哈大笑起来。过了一会儿，格列佛听到桌下有响动，然后近旁传来另一个声音：那是巨大的隆隆声。（在你我听来，它就像一百辆汽车引擎的轰鸣。）结果他发现那是农场主太太的猫咪，正躺在女主人的腿上，心满意足地发出咕噜咕噜声！当格列佛从桌边探身去看那只猫时，它轻蔑地盯着他，跳了上来，朝着他挥舞自己锋利的爪子。

如果不是农场主的女儿加以干预，抓住猫咪，将它轰出房间，又关好房门，格列佛原本会被猫咪轻轻松松地杀死。

格列佛发自内心地对农场主的女儿表示感谢。她是个可爱的小姑娘，大约有九岁，名叫葛兰达克利赤，在这个可怕的新国家，她将很快成为他最亲密、最信赖的朋友。

五

在接下来的几天里，格列佛就待在这个农场主家里。他不想出去或逛到很远的地方，因为他还不习惯周围的一切都这么大。在利立浦特，他感觉自己就像个天神，高耸于那些微小的国民之上，把他们捧在手掌中；在这个新国家（它被称为布罗卜丁奈格），他感觉自己弱小无力、无关紧要。

他为获得葛兰达克利赤的善待而感到欣慰。她说服母亲，让格列佛睡在她小时候睡过的摇篮里，找出家里最精细、柔软的手绢当他的被子——不过，格列佛还是感觉这手绢太粗糙，而且又大又沉，就像盖着船帆睡觉。

有天早上，他从睡梦中醒来，得知农场主打算带他出去旅行。格列佛被放进一个木头盒子里（葛兰达克利赤取出自己洋娃娃床上的被子，细心地铺在里面），然后搁在一辆由小马拉的轻便马车内，把他带到最近的一个集市上。幸好格列佛的小朋友同他一起去了，小马的慢跑和路上的坑坑洼洼可把他颠得够呛：虽然他在海上遭遇过最恶劣的风暴，但和这样的颠簸相比只能算小巫见大巫。

来到集市上，他不太喜欢自己的发现。看起来，农场主是打算用格列佛赚点钱，让他在一家小酒馆的桌上表演些小把戏，向镇上那些来观看取乐的人收钱。每次看他表演的人有三十个，格列佛那天表演了不下十二场：在桌上走来走去，拔出自己的剑挥舞一通，跳跳舞，用布罗卜丁奈格语说几句话。观众们笑得前仰后合，大声鼓掌，那些声音几乎把格列佛的耳朵震聋。

"我想你还能用他多挣点钱，"农场主的一个朋友说，"把他带到王宫去。有这样一个家伙在宫廷里供他们取乐，他们肯定乐意慷慨解囊。"

听到这个建议，农场主立刻采取行动。第二天他就驾着

马车来到王宫，并且很
快就赢得一群观众，因为宫廷
里的人已经听说了这个特别的小东西。农场主拿
着满满一大袋金币从王宫走出来，看起来志得意满。与此同时，格列佛也得知自己从此就要住在王宫里了。他问能否让葛兰达克利赤和他一起待在这里，幸运的是，这个要求得到了满足。

葛兰达克利赤在王宫里获得了一套自己的房间，给国王做橱柜的木匠特意为格列佛造了一个木盒子供他居住，里面加有衬垫，摆满各种迷你家具。他俩都过得非常舒服而愉快。王后特别喜欢格列佛，就餐时总是要求他坐在自己旁边。

格列佛以为国王也希望每天看他跳舞和表演小把戏，以此取乐。可是，他们第一次见面后，国王其实有很长时间都没来看格列佛。恰恰相反，他派人教格列佛学了一些布罗卜丁奈格语，等他终于能够说得完美流畅之后，他被召去与国王谈话了。

你瞧，这个国王是一位睿智而博学的统治者，总是对其他国家的法律和习俗充满兴趣，对格列佛这种小矮人居住的地方非常好奇，想听他说说那片遥远的土地。格列佛也很高兴国王问他这些事情。他是个爱国的人，对自己的国家感到自豪，迫不及待地想告诉国王，英国和欧洲是多么美妙的地方。

格列佛开始描绘那里富可敌国的人过着怎样的奢侈生活，他们拥有富丽堂皇的房子，能够吃到从世界各地

进口的美味佳肴。这给国王留下极其深刻的印象，他问格列佛是否每个人都这样生活。格列佛的回答是否定的——能过上奢侈生活的只有少数幸运儿。其他很多人都生活在贫困和饥饿之中。但他说，这些人偶尔也能购买奢侈品，不过需要借很多的钱。

“这么说你们国家的大多数人都靠借贷生活？”国王问。

格列佛点点头，不过他说花销最大的是战争，而且，在他看来，自己国家的人感到最荣耀的事情之一，就是乐意每年为军队和威力强大的武器花费大量金钱，这样他们就能到其他遥远的国家去，参加那些跟他们毫无关系的战争。

在对自己的祖国作了这番热情的介绍后，格列佛往椅背上一靠，准备听听国王作何评论。他确信国王会对他的祖国推崇备至。

但恰恰相反，有那么几分钟，国王看起来相当失望，然后回答说：“格列佛，我非常喜欢你。你是个有教养的好人。至于你的同胞，根据你刚才告诉我的事情，我只能得出结论说，虽然有无数可憎的小害虫从地球表面爬过，但他们却是其中最有害的一种。”

接下来是漫长的沉默，格列佛吃惊地注视着国王。他只能问自己：“国王到底为什么会有这样的看法？”

六

格列佛喜欢在布罗卜丁奈格生活，他在这里待了三年多。在整个这段时间里，宫廷内几乎每个人都对他和葛兰达克利赤非常友好。唯一不喜欢他俩的是王后的侏儒。这个残酷的小人总是被奉为名人，因为在这个国家他的个子最矮小——直到格列佛出现。如今他对格列佛嫉妒至极，总是绞尽脑汁地给格列佛的生活制造麻烦。

例如，有一天，格列佛和葛兰达克利赤待在外面的皇家花园里，侏儒等格列佛站在一棵苹果树下时，就爬到树上，开始摇晃树枝，这样那些苹果就纷纷砸到格列佛的背上和头上——每个苹果都比一袋土豆更大也更沉。可怜的格列佛若不是设法避开了掉落的大部分苹果，原本会被活活砸死。还有一次，侏儒抓了一把蚊子握在手里，把它们扔到格列佛脸上。这些蚊子有乌鸫那么大！格列佛从未见过如此恶心的东西，他不得不拔出宝剑，赶走它们。

事实上，他在这里看到的东西经常都相当恶心。他逐渐意识到，当他在自己国家发现什么美丽的东西时，那种美感不过是产生于恰当的距离。而在布罗卜丁奈格，当所谓的全城第一美人来拜访他时，他却惊讶地发现她的皮肤是多么粗糙不平，上面覆盖着密密麻麻的汗毛和巨大的粉刺，而其他巨人几乎看不见这些。当他被带去游览都城时，他近距离地观察大街上的乞丐，看到他们身上那些令人作呕的毒瘤和裸露的伤口，那是他见过的最可怕的景象。

个子太小还面临另一个劣势：布罗卜丁奈格的各种动物时时威胁着他的生命。就拿黄蜂来说，它们全都跟格列佛自己国家的鸟儿那么大，他可以看到它们又长又尖的蜇刺，就像一把把匕首。有一次他还被皇室园丁的宠物猎犬叼住在花园里跑了五分钟左右。（幸好那是一只受过良好训练的宠物，因此叼着格列佛的力度不大，还不至于将他咬死。）但最糟糕、最悲伤的历险是他同葛兰达克利赤一起去海边那次。

当时他们刚刚吃过野餐午饭，格列佛在他那个装着衬垫的盒子里睡觉，而葛兰达克利赤则顺着沙滩寻找贝壳，越逛越远。突然之间，格列佛在一种最特别的感觉中惊醒过来，就仿佛他轻飘飘的，毫无重量，与此同时，他的盒子又在剧烈地来回摇摆。他跑到窗户边，向外一望，顿时被眼前的景象吓得魂飞魄散：他正从大约两百英尺高的空中飞过，脚下是波涛汹涌的大海！接着他透过窗户往上一看，这才明白发生了什么：一只巨大的金鹰抓住他那个放在海滩上的盒子，叼起把手飞走了。这只鸟儿很可能打算在石头上摔烂盒子，然后吃掉藏在里面的那个小动物。

但格列佛的盒子很沉——对这只鹰来说似乎太沉了。它突然毫无预兆地张开嘴大叫一声，盒子便朝着下面的海浪直直坠落。盒子几乎沉入海底，然后又重新浮上海面。格列佛依然活着，但此刻他漂浮在茫茫大海上，海滩已是遥不可及。一想到再也见不到可爱的葛兰达克利赤了，他忍不住哭起来。

第二天，格列佛又饥又渴，差点死掉，这时他瞥见海平线上的一艘船。那艘船越来越近，船上的水手们看到一个巨大的木头房间在波浪中上下颠簸时，他们十分惊讶。格列佛对着他们大叫："求求你们中的哪一位，抓住盒子上的把手，把我拎到船上去。"这时他们更加吃惊了。他们怎么能把这么大的东西拎起来？他们以为他疯了。但格列佛不过是忘记了回到正常大小的人类中间是什么感觉罢了。

实际上，在船上那些好心的水手最终带着格列佛回到英国后，又过了好几个月，他才习惯了伦敦那些人和建筑物的正常大小。他一直以为自己重新回到了利立浦特——就像巨人一样，从一群群的小人中间走过。

七

经过在布罗卜丁奈格的种种历险——这些历险几乎要了他的命——格列佛决心再也不出海了。他决定好好待在家里陪伴妻子和孩子。

可是有一天，一个商人找到他，提出让他无法拒绝的优渥条件。他计划让格列佛再次出海，但这次不是担任医生——而是在自己的船上担任船长。他还给格列佛提供大笔报酬。犹豫再三，格列佛还是答应了。他只希望这次自己能比前两次航行更走运。

可是运气又一次与格列佛作对。他的船航行了好几个月，差不多就要到达日本那么遥远的地方了，这时却遭到海盗的攻击。他们俘虏了格列佛，然后让他坐着一条无遮无挡的小舟在海上漂泊，而且小舟上的食物和饮水只够维持三天。他们以为他会死去，可是他们当然低估了格列佛的生存意志。

格列佛设法操纵这条小舟驶向一个岩石小岛，他在那里待了几天，在石头之间的鸟窝里找鸟蛋吃，以此维持生命。

然后，有天早上，一个巨大的阴影遮住了太阳。格列佛抬头仰望天空，看到了他一生中最不可思议的景象之一：一个岛屿——一个完整的岛屿，大约五公里宽——正从他头顶上飞过去，穿过天空！

这个空中飞岛的侧面有些露台，一道道的楼梯将它们连接起来。很多人聚集在露台上，因为他们看见了格列佛，想救他。有些人跑去取来一条长长的绳梯，小心翼翼地把它垂放下来，这样格列佛就能顺着绳梯爬到上面去了。

等他平平安安地爬上其中一个露台之后，人们全都挤过来，把格列佛围在中间，似乎为看到他而感到兴奋。但几分钟之后，大多数人便失去了兴趣，慢慢走开了。

格列佛觉得十分奇怪。他们全都有一张睿智、聪慧的脸，但他们又都非常笨拙：他们不断绊到路上的石子，撞上灯柱，就仿佛他们很难专心致志地走路。最后，格列佛设法说服一个人带他去见国王。

他被带进王宫里一个豪华的大厅，发现一些大臣和侍从簇拥着国王，而他们全都穿着绣有数学符号和天文学标志的袍子。看起来，国王并没有注意到格列佛的到来，因为他

似乎正忙着演算一道又长又复杂的数学题。过了一个小时左右，在用掉好几打纸张之后，他终于把题算了出来。只有到这个时候，他才抬起头，意识到有人带着格列佛来觐见。

一个侍从解释了他们是怎样发现并拯救格列佛的，但过了一两分钟，国王就心不在焉了，压根就没听到侍从的大部分介绍。他下了几道简短的命令，对格列佛表示欢迎，让人给他一个房间和一些食物，然后又回去算他的数学题了。

在接下来的几天，格列佛逐渐了解到，这种行为在飞岛（它被称为“勒皮他”）居民中稀松平常。他们总是忙于思考数学、音乐和天文学问题，以至于完全忘记了每天必须做的日常事务。他们甚至不得不雇用一些被称为“拍手”的仆人整天跟着自己，后者的任务就是举着一个固定在棍子末端的气球，每当主人因为忙于思考一些巧妙的问题而走神时，就用气球打他们的脸。

格列佛认为，如果勒皮他人的脑子里满是各种奇妙的想法，并因此而忘记自己身在何处、该做什么事情，那他们肯定非常聪明。因此，过了几天，他就接受邀请，前去参观勒皮他大学，决定进一步了解他们的科学和学术。

八

大学是一座非常宏伟的建筑，位于飞岛中央。格列佛很好奇，想知道人们在这里学习什么。他已经注意到勒皮他人对数学着迷：例如，吃饭时，他们的食物总是切成三角形、圆形和长方形；需要做衣服时，他们总是去找几何学教授而非裁缝，难怪他们的衣服看起来没一件合身。

“但除此之外他们还对什么感兴趣呢？”他很想知道。

开始参观后，格列佛首先碰到的是一个看起来疯疯癫癫的老人，被锁在一间小屋子里，周围都是各种科学设备。听说这个人在做一个实验，想从黄瓜中提取阳光，他周围的地上是数百个切片、捣碎的老黄瓜。到目前为止，这个实验他已经做了四十年，毫无成功的迹象。但他坚信自己再过一两年就能获得突破。

另外一个人正忙于一项了不起的计划，有可能让世界各国的人无需翻译也能完全彼此理解：他打算彻底废除词

汇。这位学者是这么推理的：既然所有词汇都只是代表各种事物，那么人们只需带上用来表达自己意思的物品即可。不错，目前的主要问题在于，谁要想与别人做一次包罗万象的有趣交谈，就需要背上一大袋各式各样的物品，简直都能把他们的背压断。但他确信这个困难微不足道，希望很快就能解决。

还有一位教授正在设计一种让教学更加轻松的方案。他不给学生上课，而是打算将自己的思想写在一张张小纸片上，让学生吃掉它们——为了帮助消化，学生们得先饿上三天。不幸的是，到目前为止，仅有几名学生尝试过这种方法且全都以剧烈呕吐告终。不过，就像他的同事一样，这位教授也毫不气馁，决心继续自己的实验，直到它产生作用。

在大学里度过几个小时后，格列佛开始认为所有勒皮他人都有点疯狂，他差点就问他们借条绳梯离开这个飞岛了。但接着，他听说了另外一件让他感到好奇的事情。显然，勒皮他有一群特殊的人，他们的额头上生来就有一个红色的标志，这意味着他们注定拥有一项与众不同的特权：他们是不朽者，永远都不会死。这些人被称为“斯特鲁布鲁格”。格列佛迫不及待地想见见他们，与他们聊聊。他确信，他们肯定是世界上最幸福的人，因为他们知道自己不会死。他们不仅仅最幸福，而且还最有智慧，因为他们见证了数百年的人类历史，肯定从人类过去所犯的所有错误中学到了大量教训。格列佛还想，他们很可能全都在政府里身居要职，这样国王和大臣就能从他们的智慧中获益了。

哎！可他发现事实恰恰相反。其实，在他遇到的人当中，斯特鲁布鲁格是最悲伤、最孤独的。他们大多数都有两百多岁，但全都在大约八十岁时失去记忆，因此无法告诉他任何有趣的事情；有一些甚至都记不得怎样说话了。他们全都失去了味觉和嗅觉，因此也无法从饮食中获得任何乐趣。斯特鲁布鲁格痛恨所有年轻人，因为他们嫉妒人家的健康与精力。他们也彼此痛恨，因为每一个斯特鲁布鲁格都让别的同类意识到自己的悲惨处境。当然啰，飞岛上的其他人没有一个喜欢与他们做伴——部分是因为这些人脾气乖戾，而且一直都心情阴郁，但主要是因为他们看起来非常可怕，他们干瘪的皮肤皱皱巴巴，松松垮垮地挂在骨头上；他们凹陷的眼睛瞪着这个世界，目光中混杂着恐惧与无比的厌倦。

格列佛迫不及待地希望远离斯特鲁布鲁格。他们让他意识到自己以前从未想过的一件事。他一直怕死，一直把死亡当作悲惨的不幸。但现在他意识到死亡也是一种解脱，是通往某种自由的大门。再没有比注定要长生不死更糟糕的了，因为那样就得孤孤单单，怀念自己所爱的家人朋友，在他们去世多年后仍常常想起他们。

这些家伙让格列佛觉得惊恐，于是，他告诉勒皮他人说自己想尽快离开飞岛。他问能否在岛屿飞过某个人口稠密的国家时放下绳梯让他下去，这样他就能坐船返回英国。算他运气好，他们告诉他，飞岛这时正好飞越日本。

于是，格列佛当天下午就被护送到一个露台上，顺着一条为他垂下的绳梯，他以尽可能快的速度爬了下去，永远离开了这个岛屿和它那些特别的居民。

九

在绳梯的底部，格列佛跳下，落到一片长长的白色沙滩上。身后的绳梯被拉了上去，他向那些聚集在一起的勒皮他人挥手告别，不过他们几乎没注意到。或许他们已经忙着去思考一些新的数学问题了。

刚想到这里，格列佛脑子就冒出一个恼人的疑问：这个国家真的是日本吗？勒皮他人在实际事务方面一无是处，很可能并不太擅长导航。这片新土地看起来荒无人烟。格列佛曾在书上见过日本的图片，跟这里有天壤之别。

格列佛猜对了。其实他离日本还有数千英里。到那一天结束时，他会发现自己身在一片人类尚未涉足的土地上。

与此同时，他也离开海滩，开始朝内陆方向走去。他走了好几英里，穿过一片荒凉的大地，没看见哪怕一个活物。然后，突然之间，他看见一群动物聚集在路边的田野上。它们两足站立，看起来跟人差不多，只是它们没穿衣服，还有长长的爪子，全身都覆盖着长长的毛。它们正在为争夺一小片肉而打斗，用可怕的尖叫声冲着对方嚎叫，发出含含糊糊的声音，还用爪子互相撕扯。格列佛感到不寒而栗，赶紧走了过去。他从未见过让他觉得如此恐惧、害怕的动物。

没过多久，他碰到两匹马顺着大路朝他走来。他们停下脚步，注视着格列佛，温和的脸上显露出智慧。他想抚摸其中一匹马，但这匹马却往后退，避开他。然后两匹马开始彼此发出嘶鸣。这种嘶鸣如此复杂且富于表情，格列佛不禁怀疑他们其实是在以自己的某种奇特语言互相交谈。

他们围着格列佛转了几分钟，细细审视他，然后用头示意他同他们一起走。格列佛跟着他们走了大约两英里，来到一座位于田野中间的大型建筑。

这座建筑用草做屋顶，里面很像马厩，只是更干净整洁。这似乎是其中一匹马与他的家人居住的地方。他们欢迎格列佛与他们一同进去，然后做了一番长谈，在谈话中，他不断听他们提到“野胡”一词。然后他们带他来到后院，他又看到三头刚开始见过的那种可怕动物，它们被链子锁在院子里的一棵树下，也在争夺食物。

几匹马不断重复“野胡”一词，又用他们的马蹄指指格列佛和这些可憎的动物。

格列佛顿时恍然大悟。

“不！我跟它们不是同类！”他惊恐地大叫，“我是人，我属于人类！”

嗯，那些马当然看出来了，在某些方面，格列佛跟这些动物相去甚远，于是他们允许他那天晚上睡在他们的马厩里，第二天早上就开始教他学了些马语。格列佛一向擅长学习语言，因此过了几周就能够用流利的马语和这些马交谈了。他学到的第一件事情是：这些马自称是“慧骃”。

很快，格列佛就非常喜欢自己这位“主人”（他以此称呼那匹允许他住在他们家里的马）了。“主人”做的一切似乎都合乎理性，井井有条，彬彬有礼。他让屋子保持干净整洁，似乎从不为任何事情愤怒或心烦。格列佛尽量多花些时间与自己的主人待在一起，从不靠近那些令人反感的野胡，也不与它们有任何瓜葛。

格列佛的主人也对这位新来的客人感到困惑。从外形上看，格列佛与野胡毫无二致，但他又总是穿着衣服，能够学习多种语言，喜欢烹煮自己的食物，似乎从没有野胡那么残忍或野蛮。那么，他到底是一种什么动物呢？

格列佛想方设法地向主人解释。他说，在自己的国家，所有人的外形都像野胡，也用后腿直立行走。但除此之外，他们与野胡就截然不同了：他们聪明，彬彬有礼，用多种不同的语言彼此交谈，撰写各种著作和诗歌，拥有数学和科学方面的天赋，善于发明创造，而且相互之间从不打架争斗。

不过，最后一句话刚说出口，格列佛就意识到他并不完全正确。人类当然会打架争斗——而且是可怕的争斗——不过他们并不称之为“争斗”，而是称之为“战争”。由于慧骃的语言中没有与“战争”对应的词语，格列佛不得不详细解释其含义。一开始，格列佛的主人无法理解，像格列佛这样的人——他们的指甲根本不像野胡的爪子那么长——怎么能够彼此伤害。于是格列佛不得不告诉主人什么是枪。而且人类在战争中不单使用枪，还使用大炮、炸弹和各种爆炸装置。他花了很长时间才解释清楚，等他说完，他的主人看起来真的忧心忡忡。

“你的意思是，尽管你们拥有聪明智慧，却仍然有人花时间挖空心思地制造出杀人的工具？并且不单单是杀几个人，而是杀的人越多越好？你们的世界中真的存在如此邪恶的事情？”

这次谈话之后，格列佛的主人独自走到马厩中一个安静的角落，对自己刚刚了解到的事情久久陷入沉思。格列佛望着他，平生第一次为自己和自己的人类同胞感到羞耻。

尾声

尽管了解到人类的战争行为后，格列佛的主人感到失望，但他还是允许格列佛住在他家里，他们成了好朋友。这个慧骃仍然对这只看似野胡又并非野胡的古怪动物感到好奇，而格列佛则对自己的主人充满爱戴。

但那种爱是否得到回应就很难说了。格列佛注意到，慧骃的特点之一是他们似乎从没有多少情感。不管他们做什么，都只是出于明智的判断，而非出自某种情感动机。因此，比如说，尽管他们非常关心自己的马驹，但父母对待自己的孩子与对待其他家庭的孩子并无分别，而且从不对自家孩子表现出特别的感情。同样，当年纪最老的慧骃去世后，他们也不会表现得特别悲伤。他们只是接受这个事实。当两个慧骃决定结为夫妻时，那并不是因为他们彼此相爱，而是因为他们的外表相配，有可能繁殖出健壮、俊美的孩子。

格列佛不禁觉得，至少在这些方面，慧骃的做法相当冷漠。尽管对这些冷静、理性的马推崇备至，但他却怀疑他们是否比拥有种种缺点的人类更善于享受生活。

不过，总体而言，他还是非常高兴生活在慧骃国，并且在这里度过了两年幸福快乐的时光。在此期间，随着他对慧骃的喜爱与日俱增，他对野胡的憎恶也同样越发强烈。更糟糕的是，他意识到自己在很多方面与他们相似。例如，有一天，他的主人描述了慧骃们对野胡感到困惑的一件事：它们喜欢从土里挖一些色彩鲜艳、闪闪发光的石头，然后在一些隐秘的地方把一堆这样的石头小心翼翼地藏起来，还会花上几小时的时间看着石头，计算其数量，并且警惕地守卫着它们。如果另一头野胡想偷走这些石头，它们之间就会爆发最可怕的打斗。慧骃主人想知道这是什么意思。格列佛无法给他一个满意的解释，只能告诉他说人类也对这些色彩鲜艳的石头有着类似的热爱和痴迷——他们把这称为“金钱”。

这位慧骃主人与格列佛相处了很长时间，他看得出来格列佛在很多方面都迥异于野胡。但其他慧骃并不这么认为，他们认为他把一头野胡留在家里和他住在一起是错误的。于是，有一天，慧骃议会在一次漫长的会议后，决定必须让格列佛离开他们的国家，回到他自己所属的土地上去。

格列佛的心碎了。一想到要离开这些睿智而温和的动物，而且将在野胡们（因为这就是他自己眼中的人类同胞）中间度过余生，他就无法忍受。但他的抗议受到忽视。他不得不为自己造一只独木舟，然后带上足以维持几周的供给，再次扬帆驶向茫茫大海。

格列佛不想回英国。如果慧骃不许他继续与他们生活在一起，那么他宁愿独自生活。于是他驾着独木舟驶向一个荒岛，将它停泊在一条小河边，他自己则上岸寻找更多的食物和淡水。

等他回到自己的小船旁边，他惊讶地发现它周围全是人。他们是一条大型商船上的葡萄牙水手，那条船恰好从这里经过。水手们抓住格列佛，问他在这里做什么。他尽量回答他们的问题，但他们几乎听不懂他的语言。在他们听来，他说的话就像马的嘶鸣！他们爆发出一阵大笑，认定他疯了。

他们强迫格列佛跟他们一起回到那条商船上，带他去见船长。船长是个和蔼而聪明的人，一眼就看出格列佛非常苦恼。实际上格列佛几乎无法忍受与所有这些“野胡”相处。他痛恨他们的模样和气味，要求给他一间单独的舱室，让他能

够不受打扰地在里面休息。在回家的剩余航程中，他就一直待在那里面。

可怜的格列佛！当他第一次远航，从小人国利立浦特归来时，英国的一切似乎都是庞然大物；当他从大人国布罗卜丁奈格回来时，英国的一切似乎都太小；但在从慧骃国归来后，情况远比那两次糟糕得多。不管他把目光投向何处，他都会看到人，而人让他想起那些肮脏、好斗、野蛮的野胡。他们的气味让他作呕。甚至他自己的家人也让他想起野胡！在回国后的头几年，格列佛甚至不想与家人生活在同一所房子里。恰恰相反，他跑去住在花园尽头的马厩里，买来两匹马与他做伴。它们的马语显然不如他热爱的慧骃主人，但怎么说也是聊胜于无吧。

过了一年，格列佛才逐渐接受与太太及孩子们坐在同一张餐桌旁，与他们吃相同的食物。每一天，他看着他们，翻来覆去地问自己同样的问题：“这个女人，以及这个小男孩和小女孩，他们是些什么样的动物？与他们最相似的是什么？他们是像野胡还是像慧骃？究竟更像哪一个呢？”

有时，他还会问自己一个更可怕的问题：“我自己又像哪一个呢？”

谨以此书献给玛蒂尔达和玛德琳。

这个故事从何而来

乔纳森·斯威夫特出生于三百五十多年前，去世于1745年，时年七十八岁。他不仅是一位作家兼诗人，而且也是一位牧师——担任圣帕特里克大教堂的大主教，那是都柏林一座雄伟的主教座堂。都柏林属于爱尔兰，尽管人们通常提到乔纳森·斯威夫特时都把他当作英国作家，但他其实出生在爱尔兰，且一生中大部分时间都生活于此。他认为英国人对爱尔兰人很坏，经常利用写作尽可能地帮助爱尔兰人，让他们免于贫困和饥饿。

斯威夫特花了五年时间写成了《格列佛游记》。小说最终于1726年出版，并立刻成为畅销书，出版仅一周便全部卖完。

斯威夫特曾说，他写《格列佛游记》是为了“激怒而非娱乐世人”。他的意思是说，尽管他知道这是一个很有趣的故事，但取悦读者并非他创作的主因。他写这本书是为了刺激人们思考。他希望读者思考当时的政治问题——例如战争与贫困——也希望他们思索一个更宏大、更重要的问题：人类的本性。在书的末尾，他希望人们问自己这样一些问题，例如“人性本善还是本恶？我们做事情是出于明智和理性抑或其他原因？”就像很多最伟大的小说和文学作品一样，《格列佛游记》并不打算给出答案，它的目标仅仅是提出一些有趣而重要的问题。

SAVE THE STORY

留住故事

本书作者与出版单位

乔纳森·科很久以前出生于英国且依然生活在那里。他写了十二本书，包括《睡屋》（*The House of Sleep*）和《雨点滴落之前》（*The Rain Before It Falls*），不过他知道自己永远写不出一本像《格列佛游记》这么棒的作品。

萨拉·欧迪1984年出生于意大利的阿斯科利皮切诺，从小就喜欢自编故事、自配插图以自娱。她住在位于其出生地附近的一个村子里，时光荏苒、岁月流逝，她却仍在自己童年时代的这种爱好中注入最大的激情，外加对马尔凯美食的热爱。

“留住故事”系列丛书就像一艘救生艇，专门拯救那些近千年来即将被历史长河淹没的文学故事。就像这本书一样，只要带有 SAVE THE STORY 标志，就说明这个故事已面临被遗忘的危机。

霍尔顿学院1994年诞生于意大利都灵，以“与众不同”为建院宗旨。这座学院就像一个到处都是房间、书籍和咖啡的家庭。在这里人们研究的东西叫“说书”，也就是用图书、电影、电视、戏剧、漫画等一切可以想到的表达方式来讲故事的诀窍，目前成果斐然。

共和国图书馆—艾斯布雷索出版社出版的书包罗万象，内容丰富多彩。日复一日，年复一年，这一书系已走入了意大利的千家万户。不计其数的小说、戏剧、散文和诗歌汇成了千百套形形色色的丛书赫然陈列在新老读者的书架之上。

SAVE THE STORY

留住故事

《约婚夫妇的故事》
翁贝托·埃科

《唐璜的故事》
亚历山德罗·巴里科

《罪与罚的故事》
亚伯拉罕·B. 约书亚

《大鼻子情圣的故事》
斯特凡诺·贝尼

《李尔王的故事》
梅拉妮亚·G. 玛祖柯

《鼻子的故事》
安德烈·卡米雷里

《尼摩船长的故事》
戴夫·艾格斯

《吉尔伽美什的故事》
李翊云

《安提戈涅的故事》
阿莉·史密斯

《格列佛的故事》
乔纳森·科

文
景

Horizon

社科新知 文艺新潮

格列佛的故事

[英 国] 乔纳森·科 讲述 [意大利] 萨拉·欧迪 插图 焦晓菊 译

出 品 人：姚映然
责任编辑：李晓爽 王 玲
装帧设计：陆智昌
美术编辑：高 熹

出 品：北京世纪文景文化传播有限责任公司
(北京朝阳区东土城路8号林达大厦A座4A 100013)
出版发行：上海世纪出版股份有限公司
印 刷：北京汇瑞嘉合文化发展有限公司

开 本：850mm×1092mm 1/16
印 张：5.75 插 页：2 字 数：38,000
2016年6月第1版 2016年6月第1次印刷
定 价：49.00元
ISBN：978-7-208-13780-6/I·1529

图书在版编目(CIP)数据

格列佛的故事/(英)科(Coe,J.)讲述;(意)欧迪(Oddi,S.)插图;焦晓菊译. -- 上海:上海人民出版社, 2016
(Save the Story)
书名原文: The Story of GULLIVER
ISBN 978-7-208-13780-6

Ⅰ.①格… Ⅱ.①科… ②欧… ③焦… Ⅲ.①儿童文学-图画故事-英国-现代 Ⅳ.①I561.85

中国版本图书馆CIP数据核字(2016)第096806号